44

(Conserver la couverture)

AF357811

LE CHRIST,

PAR

M. L'ABBÉ CHAPIA.

3me Édition.

BIBLIOTHEQUE ROYALE

ETTE poésie m'a valu, ce que tout homme qui s'occupe d'art doit ambitionner, des critiques et des éloges. Les éloges ont servi à m'encourager; les critiques bienveillantes ont servi à m'éclairer : merci des éloges et des critiques.

J'ai revu sévèrement cette pièce; je lui donne le titre qu'elle aurait dû porter d'abord : elle s'adresse à la fois au siècle individualiste, et à MM. de Lamennais et de Lamartine qui ont reculé jusqu'à lui.

Ce siècle, il faut le reconnaître, a fait un grand pas : il a quitté dédaigneusement le matérialisme de l'âge qui l'a précédé, et il s'est fait spiritualiste. Où est aujourd'hui l'homme sérieux sur les lèvres duquel les avilissantes doctrines du dernier siècle n'appellent pas le sourire du mépris? Cependant, disons-le, on n'a abandonné une erreur que pour se jeter dans une autre erreur, moins grossière, plus dangereuse peut-être : elle peut duper plus de bons cœurs! On ne veut pas courber son front superbe sous le joug de la foi; on attend tout de la seule raison humaine. La vérité, c'est le cri des esprits; mais qu'elle soit jugée par l'homme! La religion, c'est le vœu des cœurs; mais qu'elle soit épurée au filtre de la raison! L'homme a voulu tout comprendre, et il s'est mis à l'œuvre avec une incroyable activité : il a tout remué, tout fouillé, tout sondé; et partout s'est présentée à son admiration la religion du Christ; force a été de lui rendre justice. Cet immense travail de la

1842

science, travail d'inspiration divine, a ramené l'homme vers la religion. Toutefois il a rougi de reconnaître et d'embrasser comme sa mère *l'infâme* que l'on avait si indignement traînée dans la boue ; il s'est contenté de lui faire l'aumône de quelques larmes de compassion et de regrets, et proclamant qu'elle n'était plus à la hauteur des temps, il eût voulu la refaçonner à sa mode, la refaire à son image. L'homme eût voulu formuler selon sa raison débile une religion qui est l'expression de la raison de Dieu, substituer son verbe au Verbe divin ! Eh ! le Christianisme ne se fût-il pas suicidé le jour où, rompant la chaîne de ses traditions, il eût voulu se prêter aux vues orgueilleusement progressives de cette raison superbe ?

Le siècle dans ses voyages à la recherche de la vérité a touché au Christianisme, mais il n'a pas encore eu le temps de l'examiner à fond ; il veut le progrès, et il n'a pas compris que le Christianisme seul est la religion du progrès. Qu'il la contemple dans ses développements cette religion étonnante : dans quels progrès elle a guidé la raison humaine, quels pas immenses elle a fait faire aux nations, quel mouvement elle a imprimé au monde ! Il est vrai qu'elle n'entend pas le progrès comme certains utopistes dont le temps a déjà fait ou fera tôt bonne justice ; elle veut, ce qui fait toute puissance au monde, le progrès dans l'unité, la tradition du passé avec la vue du présent, l'esprit de développement et l'esprit de conservation ; toujours elle a su *renouveler* sans jamais *innover !* De nos jours encore elle saura renouveler sans innovation, et le siècle se sera trop hâté, la croyant à l'agonie, de lui préparer de magnifiques funérailles, et de travailler sa sublime oraison funèbre.

Chose étrange cependant! Un prêtre illustre qui avait déployé la force de son génie à démontrer la faiblesse de la raison humaine et la nécessité de la soumettre à la raison divine, qui dans son immortel *Essai* avait frappé d'un même coup cette superbe raison dans la triple forme de ses erreurs, Athéisme, Déisme, Protestantisme, a fini par en embrasser hautement le culte. Les preuves irrécusables en sont déposées dans *Affaires de Rome* et *Livre du Peuple*.

Un grand poète, l'auteur des *Méditations* et des *Harmonies*, qui dans son hymne au Christ avait si bien flétri les égarements de la raison de l'homme, a fini, lui aussi, par vouer au culte de cette raison la harpe sainte qui dans sa main avait soupiré de si beaux cantiques, des hymnes si purs! Qu'on lise la 8ᵉ Vision de la *Chute d'un Ange* : là sont attaquées les bases mêmes du Christianisme.

Ainsi le génie qui devait dominer le siècle s'est mis à la remorque : le prêtre illustre et le grand poète se sont faits disciples rationalistes de nos cerveaux néo-chrétiens!

Et ces deux génies dans leur chute n'ont entraîné aucun de leurs disciples catholiques! C'est qu'aujourd'hui l'on ne jure plus sur la parole du maître. C'est que le disciple du Christ voit l'abîme dans lequel se précipite quiconque a le malheur de se détacher de l'Église, cette ancre divine où s'appuie notre foi, au milieu du flux et du reflux des opinions humaines. C'est que leurs pages immortelles sont là pour prémunir contre le danger de leurs opinions nou-

nouvelles, qui ne sont que des négations et des doutes.

Le siècle a même un avantage sur eux : il marche, et ils ont reculé; il les laissera dans leur mouvement rétrograde, ou bien ils remonteront vers la lumière. Oh! c'est là l'objet de nos plus ardents désirs et de nos plus douces espérances.

Non, le siècle ne s'arrêtera pas, il ne saurait s'arrêter : l'esprit a trop d'activité et trop de moyens d'action, dans nos temps, pour que l'erreur ait de longues chances de durée. Souvent, il est vrai, une erreur ne s'en va que pour faire place à une autre; mais de cette instabilité même ressortira la force de l'immobile et immuable vérité. Car la vérité seule peut tenir devant cet immense travail d'analyse qui occupe les esprits.

Tel est notre espoir, d'autant mieux fondé que nous sommes emportés dans un mouvement d'ascension. Le 18ᵉ siècle était descendu au fond de l'abîme; le 19ᵉ s'est élancé pour en sortir : il déteste l'erreur, il a soif de la vérité.

La raison a usé, dans un quart de siècle, le sensualisme, l'idéalisme, l'individualisme, l'éclectisme, le kantisme, le néo-christianisme, elle va bientôt user le panthéisme.

La raison est en élan, elle remonte, et elle ne s'arrêtera qu'au lieu du repos. Or le repos pour la raison de l'homme est dans l'union et la soumission à la raison de Dieu; la raison de Dieu, c'est le Christ, le Verbe fait chair. L'erreur sera bannie du monde le jour où les hommes, fraternisant au pied de la croix, s'écrieront : Gloire au Verbe habitant parmi nous !   1841.

LE CHRIST.

Tanquàm morientes, et ecce vivimus.

ST. PAUL.

Rome, elle aura menti, ta haute destinée :
Ta foudre au Vatican s'éteint emprisonnée,
Ou d'un bruit impuissant elle trouble les airs ;
Ton pontife vieilli dans sa chaire suprême
          Attend son heure extrême !..
Le monde, las du joug, a secoué tes fers !

Regarde au loin : la foule en tout lieu t'abandonne ;

L'homme n'obéit plus quand ta parole ordonne ;

Les rois t'ont baffouée, et les peuples ont ri !..

La raison a parlé : l'univers en silence

      Entend, comprend, s'élance

Vers un dieu plus puissant... Car ton Christ est flétri !

Il mourut au Calvaire, il meurt au Capitole !

Tiare, mitres, croix et son humaine idole,

Avec les dieux passés dans l'oubli vont pourrir !

L'humanité grandit, et son génie adulte

      Appelle un autre culte...

Pour un monde au maillot le Christ a pu souffrir !...

C'est ainsi que le siècle, en blasphèmes habile,

Contre le Christ exhale une railleuse bile :

Qu'ils croulent, disent-ils, ses autels chancelants !

Nous sommes las d'ouïr publier ses miracles ;

      Il faut d'autres oracles

Au monde fatigué d'un dieu de six mille ans !

Pour l'humaine raison il n'est plus de mystère ;
La vérité, sa fille, est un fruit de la terre ;
Elle règne, et le Christ à jamais est banni !
Comme l'aigle en son vol, sans cligner la paupière,
  Contemple la lumière,
L'œil borné des mortels va sonder l'infini !....

Leur Christ est la raison !.. Qu'importe que, débile,
Pendant quatre mille ans cette raison mobile
Ait fait, défait, refait sa vague vérité ?
L'un croit, l'autre sourit ; l'un nie, un autre affirme,
  Un autre, plus infirme,
Doute ; c'est le cahos et son obscurité !

Leur Christ est la raison !.. Qu'importe que, superbes,
Ils puissent contempler, dans la fange ou les herbes,
Tous ses vieux dieux moulés, fondus, taillés, pétris ?
Qu'importe que jadis la joie et la souffrance,
  La peur et l'espérance
Aient prosternée aux pieds de ces monstres flétris ?

BIBLIOTHÈQUE ROYALE
I

Leur Christ est la raison !.. Eh ! qu'importe au génie
Si, hors l'auguste loi, que son orgueil renie,
Cette reine végète abdiquant tous ses droits,
Si le Fellah tremblant redoute un sot derviche,
  Le Nègre son fétiche,
L'Indien le manitou, butin de son carquois ?

Leur Christ est la raison !... Qu'importe, en sa folie,
Que des hideux égoûts allant tirer la lie
Elle ait fait d'une infâme un dieu pour ses autels,
Quand des torrents de sang coulaient en sacrifices,
  Quand à d'impurs offices
La liberté traînait, en hurlant, les mortels !

Leur Christ est la raison !. Qu'importe qu'elle arrache
De la chaîne sacrée, où le sage s'attache,
L'anneau qui nous retient sur l'abîme en suspens ?
Qu'importe que tout croule et qu'un monde périsse ?
  Au bord du précipice
Leur haine contre Rome agite ses serpents !

Ingrats ! Souvenez-vous que la croix du Calvaire
A réparé le monde écrasé comme un verre
Sous des tigres tyrans et sous des monstres dieux !
Sur l'autel de la croix, par un sang légitime,
        Le Christ, humble victime,
A réconcilié la terre avec les cieux !

La croix a dissipé les épaisses ténèbres
Qui voilaient l'univers de leurs réseaux funèbres ;
Les nations dans l'ombre ont salué le jour !
La croix, du temple impur exilant les scandales,
        En a lavé les dalles,
Et proclamé seul Dieu le Dieu seul tout amour !

La croix a fait égaux le maître et les esclaves !
Elle a brisé les nœuds de ces vastes entraves
Où le bras des puissants broyait l'humanité !
Révélant aux mortels leur auguste naissance,
        Le Christ avec puissance
A convié le monde à la fraternité !

C'est par lui qu'en tout lieu l'enfance fut sacrée,
Par lui que de son joug la femme est délivrée,
Par lui que la faiblesse a recouvré ses droits !
Par lui droits et devoirs pèsent en équilibre !
        Par lui tout peuple est libre,
Et le beau nom de père a salué les rois !

Le monde pourrissait dans sa hideuse fange ;
L'homme, ce fils du ciel, n'était plus, chute étrange !
Qu'une brute vivant d'immonde volupté :
Il embrassa la croix ; et la terre étonnée
        S'admira couronnée
Par les vertus en chœur, dans toute leur beauté !

Partout se réveilla la sainte conscience !
La foi leva son front, ami de la science !
Du monde l'espérance adoucit les malheurs !
La charité parla son amoureux langage,
        Et sa voix fut le gage
De biens inespérés dans ce val des douleurs !

En vain, siècle insensé, torrent né d'un orage,
Qui roules dans ton lit la fange de l'autre âge,
Tu bats cet édifice où resplendit la croix :
Immobile, l'Église, à vaincre toujours prête,
  Au ciel porte son faîte;
Tes flots grondants à peine en mouillent les parois !

Va, déjà d'autres voix l'ont conduite à la tombe,
Cette religion qui plane, humble colombe,
Sur le cœur des humains depuis le premier jour ;
Souriant aux mépris, elle suit sa carrière
  En versant la lumière
Avec tous les bienfaits de son immense amour !

Quand on la criait morte, elle élevait sa tête,
De son front triomphant dominait la tempête,
Et ses blasphémateurs tombaient à ses genoux !
Elle étalait aux yeux tous ses trésors de vie,
  Et la terre ravie
S'écriait : Gloire au Verbe habitant parmi nous !

La mort un jour aussi s'écria la première :
Le Christ est là, son œil est clos à la lumière,
Je le retiens captif au fond de son tombeau !..
Le Christ dormit trois jours ; puis, soulevant sa pierre,
      Sortit de la poussière
Radieux et vainqueur, vêtu d'un corps plus beau !

Le Christ est mort ! criait la foule dans l'arène
Où, pour les passe-temps de Rome souveraine,
Les chrétiens palpitaient sous la dent des lions...
En trois siècles le Christ avait conquis le trône !
      Sa croix fut la couronne
Des superbes Césars, maîtres des nations !..

Le Christ est mort ! criaient les hordes scandinaves,
Fléau que Dieu lançait sur Rome et ses esclaves,
Odin l'invulnérable, Odin l'a terrassé !..
Et les hordes bientôt courbèrent leur bannière ;
      La croix fut héritière
Des bataillons vomis par le pôle glacé !

Le Christ est mort! criait ce moine frénétique,
Apostat libertin de la croyance antique,
Larron qui du pasteur ravagea le troupeau...
Et Colomb abordait sur de nouvelles plages,
      Dont les tribus sauvages
Devaient former au Christ un royaume nouveau!

Le Christ est mort! criait une tourbe en délire,
Dont le sarcasme impie et l'infernal sourire
Ont souillé tout objet des cœurs purs vénéré...
Et l'INFAME, cru mort, est sorti de la tombe!
      Quand tout chancelle et tombe,
Il vient sauver encore l'univers égaré!

O siècle, ouvre les yeux : Vois, le Protestantisme,
Roulant de doute en doute, et mourant d'ilotisme,
Mendie un peu de vie au sceptre de ses rois!
Mahomet étonné cède à notre influence :
      L'Asie en défaillance
Voit le croissant pâlir en face de la croix!

Et la philosophie, épuisée en mensonges,
S'évapore à nos yeux, dissipant les beaux songes
De sa philanthropie et de sa liberté !
Toute ame fatiguée expire dans le vide ;
  Tout cœur d'amour avide
Enfin demande au Christ amour et vérité !

Vois, Albion s'émeut ! D'elle Érin se dégage !
La Vistule et le Rhin contemplent le courage
De deux vieillards aux fers, bravant l'ire des rois !
Le Christ a ses enfants sur l'Èbre et sur le Tage,
  La France est son partage,
Le Danube et le Pô se roulent sous ses lois !

Vois la croix dominer la récente Amérique,
Washington à ses lois ouvrir sa république,
La Chine ses déserts de Pé-King à Kang-Tong !
Vois les îles des mers abattre leurs idoles,
  Adorer les symboles
Du gibet où mourut un Dieu pour le pardon !

Vois, le Nil se réveille, et le Liban tressaille,
Stamboul subit le Christ, et l'Inde se travaille,
L'Abyssin connaît Pierre, Alger courbe son front ;
Au Tong-King, recueillant les palmes du martyre,
   L'apôtre encore expire !..
Rome, garde ton Dieu : les erreurs passeront !.....

Le Christ est la lumière, et son foyer, c'est Rome !
Rome est l'arche que guide au nom du Dieu fait homme
Un vieillard appuyé sur le secours des cieux ;
L'orage en vain mugit ; pilote, dans l'orage
   Rien n'abat son courage ;
Les deux mains sur la croix, au ciel il tient les yeux :

L'arche se rit des flots ! Si le combat s'élève,
La parole de Pierre apparaît comme un glaive,
Frappe, et ses ennemis succombent transpercés !..
Deux anges ont paru contre lui dans la lutte :
   Eh ! quelle triste chute
Atteste à nos regards deux anges éclipsés !

Et tombant foudroyés ils niront le tonnerre!..

Lamennais, Lamartine, (ô noms, gloires d'une ère!)

Cachez-nous donc vos fronts par l'éclair sillonnés :

Par la main du Très-Haut renversés dans la poudre,

Loin de braver sa foudre,

Remontez vers le ciel, anges découronnés !

O vous que j'ai pleurés, qu'à tout soleil je pleure,

Comme un lis que la faux de son tranchant effleure

Pourquoi pâlissez-vous avant le soir des jours ?

Beaux anges, quoi! flétris au midi des années,

Vos gloires sont fanées !...

Nul mortel, ô mon Dieu, n'aura plus mes amours!

1839.

MIRECOURT, IMPRIMERIE DE HUMBERT.

LIBRAIRIE CORMON ET BLANC,
Lyon, rue Roger, 1.

=====

MÉLOPÉES DE LA SOLITUDE,

PAR LE MÊME.

Un superbe Vol. in-8°. 4 Fr.

AU PROFIT DE LA PROPAGATION DE LA FOI.

Ces poésies sont remplies de parfum, d'élégance et d'énergie.

V.-M. Nardini,

Traducteur des Mélopées en vers italiens.

www.ingramcontent.com/pod-product-compliance
Lightning Source LLC
LaVergne TN
LVHW021907180726
843502LV00008B/2928

* 9 7 8 2 3 2 9 1 6 0 5 5 9 *